시가 있는 아침

시가 있는 아침

김남조 외 지음 · 이경철 엮음

책만드는집

| 차례 |

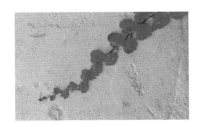

아침의 향기

아침마다
소나무 향기에
잠이 깨어
창문을 열고
기도합니다

오늘 하루도
솔잎처럼 예리한 지혜와
푸른 향기로
나의 사랑이
변함없기를

찬물에 세수하다 말고
비누 향기 속에 풀리는
나의 아침에게
인사합니다

오늘 하루도
온유하게 녹아서
누군가에게 향기를 묻히는
정다운 벗이기를
평화의 노래이기를

이해인

바다가 넓고 편안히 내려다보이는 산언덕 수녀원 꽃밭. 바다
소리 기도 소리에 갖은 꽃들 더욱 청아하게 피어오르고. 수녀
님 시인이 세상의 모든 아픔과 그리움을 사랑과 축복으로 가
꾼 꽃밭의 향기.
부산 광안리 성베네딕도수녀원에서 묵상하고 꽃밭 가꾸고 시
를 쓰고 있는 이해인(1945~) 시인. 해서 수녀님의 시는 오늘
하루 온유하고 향기롭게 살아낼 수 있게 나 자신의 순수에
보내는 아침 인사가 된다. 수녀님의 시 안에서 우리의 상한
마음은 다 치유가 된다.

안개꽃

꽃이라면
안개꽃이고 싶다
장미의 한복판에
부서지는 햇빛이기보다는
그 아름다움을 거드는
안개이고 싶다
나로 하여
네가 아름다울 수 있다면
네 몫의 축복 뒤에서
나는 안개처럼 스러지는
다만 너의 배경이어도 좋다
마침내 너로 하여
나조차 향기로울 수 있다면
어쩌다 한 끈으로 묶여
시드는 목숨을 그렇게
너에게 조금은 빚지고 싶다

복효근

춥다. 꽃 소식 올라오는 봄길, 거리로 내몰리는 마음들 시리다. 한 다발, 한가운데 묶이려 아등바등 밀치는 삶의 길목 팍팍하다. 장미 백합 잘난 주연, 꽃인 듯 아닌 듯 안개꽃 조연 함께 묶여 향기로 피어오르는 꽃다발. 이런 시, 그런 안개꽃에 빗긴 마음 있어 세상 따뜻하리.

남원 지리산 자락에서 중학생들 가르치며 자연에 삶의 속내를 물어가며 시를 쓰고 있는 복효근(1962~) 시인. 아직 주연급으로 떠오른 시인은 아니지만 내세우지 않는 촌놈의 겸손한 미덕으로 한국 시의 최고봉으로 떠오를 날 멀지 않으리.

저 달장아찌 누가 박아놓았나

마음 마중 나오는 달 정거장
길이 있어
어머니도 혼자 살고 나도 혼자 산다
혼자 사는 달
시린 바다
저 달장아찌 누가 박아놓았나

함민복

함허동천(涵虛洞天) 동막해수욕장, 서울·인천 사람에겐 계곡과 바다가 있는 뒤 정원 같은 곳. 질척거리는 마음 그림자 황량하게 펼쳐진 개펄 강화. 그곳에서 시인은 혼자 살고 있다. 개펄에 하늘에 달 하나 노란 감 장아찌처럼 박아놓고. 어리고 가난한 시절 어머니가 만들어주시던 장아찌 생각에 외로움은 더욱 시리게 고파오고. 마음은 또 따뜻한 마음 찾아 달마중 나가고.

문학상 부상으로 으리으리한 트로피를 받고 나서 차라리 쌀한 가마니가 더 좋았을 것이라 했던 함민복(1962~) 시인. 그 가난을 초연한 소탈함이 짧아도 가슴 저미는 시를 자연스레 쓰게 하나.

그대 앞에 봄이 있다

우리 살아가는 일 속에
파도치는 날 바람 부는 날이
어디 한두 번이랴
그런 날은 조용히 닻을 내리고
오늘 일을 잠시라도
낮은 곳에 묻어두어야 한다
우리 사랑하는 일 또한 그 같아서
파도치는 날 바람 부는 날은
높은 파도를 타지 않고
낮게 낮게 밀물져야 한다
사랑하는 이여
상처받지 않은 사랑이 어디 있으랴
추운 겨울 다 지내고
꽃 필 차례가 바로 그대 앞에 있다

김종해

한국 현대시 100주년에 100편의 명시와 명화로 기념 시화집을 엮으며 마음 쓰렸다. 파도치고 바람 부는 험난한 역사에서도 끝끝내 지켜내야 할 인간과 사회의 이상을 아프게 담고 있는 우리네 시와 그림들. 상처받지 않은 혼이 어찌 사랑을, 희망을 담아내랴. 그래 이 시를 시화집 표제작으로 삼았다. 겨울도 화들짝 깨어나 꽃 계절로 건너뛰는 늦겨울의 초봄. 이제 그대, 당신이 꽃 필 차례다.

우리 전통 서정을 모더니즘 시법에 접목해 새롭게 선보이고 있는 김종해(1941~) 시인. 부산 출신이어서 그런가. 그의 시에는 뿌얀 그리움의 해무(海霧) 속에 새벽 출항하는 배의 힘찬 엔진 소리가 들어 있다.

봄비

가슴 밑으로 흘려보낸 눈물이
하늘에서 떨어지는 모습은 이뻐라
순하고 따스한 황토 벌판에
봄비 내리는 모습은 이뻐라
언 강물 풀리는 소리를 내며
버드나무 가지에 물안개를 만들고
보리밭 잎사귀에 입맞춤하면서
산천초목 호명하는 봄비는 이뻐라
거친 마음 적시는 봄비는 이뻐라
실개천 부풀리는 봄비는 이뻐라

오 그리운 이여
저 비 그치고 보름달 떠오르면
우리들 가슴속의 수문을 열자
봄비 찰랑대는 수문을 쏴 열고
꿈꾸는 들판으로 달려 나가자
들에서 얼싸안고 아득히 흘러가자

그때 우리에게 무엇이 필요하리
다만 둥그런 수평선 위에서
일월성신 숨결 같은 빛으로 떠오르자

고정희

초록 잎사귀 사이에 숨어 피어나는 모과꽃. 참새들 오동통한
부리로 발그레한 꽃망울 쪼면 터져나는 꽃 소리. 봄 가뭄 마
른 땅 적시며 툭, 탁, 툭, 탁, 비 내리는 소리. 이뻐라. 어린 식
구들 밥 넘기는 소리. 곡우(穀雨)에 산천초목 호명하며 내리
는 봄비. 살가워라.

민주화와 여성운동에 앞장서다 그 좋아하는 물길에 지리산에
서 휩쓸려간 고정희(1948~1991) 시인. 지금 남과 북, 남과 여,
가진 자와 못 가진 자 두루두루 얼싸안는 세상 어디메쯤 흐
르고 계시는가.

꽃

내
영혼이 타오르는 날이면
가슴 앓는 그대 정원에서
그대의
온밤 내 뜨겁게 토해내는 피가 되어
꽃으로 설 것이다

그대라면
내 허리를 잘리어도 좋으리.

짙은 입김으로
그대 가슴을 깁고

바람 부는 곳으로 머리를 두면
선 채로 잠이 들어도 좋을 것이다.

기형도

1989년, 서른 나이. 혁명과 시 사이에 선 채로 매달려 뜨거운 피 토하던 사려 깊은 청춘. 감투 찾는 사이비 혁명 떼거지, 돈과 흥행에 발가벗는 매춘부 시. 꼴사납다 홀로 선 순정과 순수. 그리움과 고독의 빈집. 서른, 꽃피는 나이에 묻혀 선 채로 타오르는 영혼. 시의 꽃이 된 기형도.

살아생전에 "나 있을 때 잘해줘"란 말을 입버릇처럼 했던 기형도(1960~1989) 시인. 죽어 유고 작품으로 펴낸 시집 『입 속의 검은 잎』. 해가 갈수록 더욱더 독자들의 사랑 받고 있네.

사랑하리, 사랑하라

아니라 하는가
사랑이란 말
아니 비련이란 말에조차
황홀히 전율 이는
순열한 감수성이
이 시대에선
어림없다 하는가

벌겋게 살결 패이는
상처일지라도
가슴 한복판에
길을 터 달리게 하는
절대의 사랑 하나
오히려 어리석다 하는가

아니야, 아닐 것이야
천부의 사람 마음

새벽 숲의 젊은 연초록으로
치솟아 오름을
누구라 막을 것인가

사랑하리, 사랑하라
그대 영혼 그리고
그대 사랑하는 이의 영혼
충만하도록
그 더욱 사랑하리, 사랑하라

─신부에게

김남조

추위 속 명동 에두르며 남산 자락 이어진 조문 행렬로 우리
시대 사랑의 부활 알렸던 김수환 추기경. 이 시 또한 추기경
님과 한결같이 "사랑하고 또 사랑하라"는 말씀. 하여 매양 새
로워지는 순열한 감수성.
60여 년 참회와 기도로 순열한 사랑 정기 이 시대에 봉헌하고
있는 김남조(1927~) 시인. 그의 시로 인해 시의 근원적 형식
은 사랑의 연시(戀詩)임을 재삼 확인하게 되거늘.

해바라기의 비명(碑銘)
－청년 화가 L을 위하여

나의 무덤 앞에는 그 차거운 비(碑)ㅅ돌을 세우지 말라.

나의 무덤 주위에는 그 노오란 해바라기를 심어달라.

그리고 해바라기의 긴 줄거리 사이로 끝없는 보리밭을 보여달라.

노오란 해바라기는 늘 태양같이 태양같이 하던 화려한 나의 사랑이라고 생각하라.

푸른 보리밭 사이로 하늘을 쏘는 노고지리가 있거든 아직도 날아오르는 나의 꿈이라고 생각하라.

함형수

태양처럼 이글거리는 해바라기와 불꽃처럼 타오르는 보리밭. 반 고흐의 열정과 꿈과 스스로 마감할 수밖에 없었던 삶이 그려지는 시. 시인 역시 끓어오르는 순정과 뭇 생명 사랑 주체 못 하는 세상에 이 시 한 편 짧고 강렬하게 각인시켜놓고 갔거늘. "삶과 죽음이 모두 자연의 한 조각"이라며 맥하(麥夏)에 서둘러 떠나간 노무현 전 대통령. 보리밭 푸르게 일렁이는 사람 살 만한 세상 굽어보는 해바라기 순열한 꿈과 사랑으로 피어오르소서.

일제하 서정주와 함께 '시인부락' 동인으로 활동하다 해방 후 월북, 짧고 강렬한 삶을 마감한 함형수(1914~1946) 시인. 이 세상 지순한 꿈과 사랑의 지상낙원 없다 미리 쓴 유서가 이 시이런가.

사랑굿 32

이제 마음을 얘기하지 않으리
사랑으로 사랑을 벗어나고
미움으로 미움을 벗어나리
죽어 묻히는 날까지
그대 떠난다 해도
마음속에 살게 하리
끝없는 불꽃이 되어
재까지 태우며
던졌던 생명을 거두어
천천히 빛나게 하리
갈망하지 않고 꿈꾸면서
혼자서 가져보는 그대
고운 병 만들어 앓으며
짓궂은 그대 허위
벗기지 않으리

김초혜

언제부터 혼탁한 이 땅에서도 꿈은 이루어진다 했던가. 월드
컵 4강 오르고 참여정부 극적으로 들어설 때 꿈의 현실화는
최고조에 달했던가. 그러나 이승에서는 이룰 수 없기에 갈망
치 않고 혼자서 앓아내는 게 순정한 꿈. 쉽게 종교에 의탁하
지 않고 인간적인 사랑을 참으로 인간적으로 앓고 있는 「사
랑굿」 연작으로 많은 독자 확보하고 있는 김초혜(1943~) 시
인. 그런 사랑과 내조로 남편 조정래 작가의 『태백산맥』 일궈
냈거늘.

천일염

가 이를까, 이를까 몰라
살도 뼈도 다 삭은 후엔

우리 손깍지 끼었던 그 바닷가
물안개 저리 피어오르는데,

어느 날 절명시 쓰듯
천일염이 될까 몰라

윤금초

시작부터 하, 우리말 가락 한번 구성지다. 이제 흙이 된, 혹은 바람에 저 우주 속 흩뿌려진 혼령들도 이 짧은 시 한 가락에 무릎 치며 생시의 사랑 부르겠다. 주저리주저리 늘어놓지 않아도, 구구한 설명 없어도 반만년 민족의 핏속 혼 속에 절여진 우리 언어 이리 맞나고 이승 저승 두루 통하도록 깊은 것을. 혼자 까불고 뽐내고 쥐어짜지 마시고 시인이라면 무릇 이리 자연스레 영통(靈通)하는 가락 탐내 시가 문화의 꽃임을 드러내시길.

시조 시인으로 시의 현대화에 앞장선 윤금초(1941~) 시인의 시조 속에는 관념적이지 않은 우리 일상어가 그대로 시조의 운율을 타고 전아(典雅)한 멋을 드러내고 있다.

그 섬에 가고 싶은 것은

먼 섬 우이도
그 섬에 가고 싶은 것은
아직도 지워지지 않은 그리움
그것이 무쇠 같은 침묵을 끌어간다

한 번도 보지 못하고
돌아왔음에도
너를 본 것처럼 시를 쓰는 것은
너도 그렇게 쓴 시를 읽어주고 싶어
바닷가를 걸었다는 이야기
그것이 잔잔한 파도 소리로 이어질 때
내 가슴도 덩달아 울었다는 이야기
시는 그렇게 서로 부딪치는 이야기라고

이생진

술은 내가 마시는데 취하긴 바다가 취한다며 바다와 한몸이 된 시인. 여름이면 늙은 몸 아랑곳 않고 섬과 등대와 고독과 추억과 인생을 찾아 떠나는 시인. 아, 그러나 아직 한 번도 보지 못한 그리움을 찾아 떠나는구나. 그 그리움과 함께 바다 기슭 걸으며 잔잔한 파도 소리 듣고 감동 전하려 먼 섬 떠도는구나.

우리나라 3천여 개의 섬 중 1천여 섬을 찾아가며 시를 쓰고 있는 섬의 시인 이생진(1929~). 시인에게 섬 등대는 저 하늘 별에게 보내는 시의 우체통이라는데……. 시 읽는 마음 또한 별 아니런가.

오늘

꽃밭을 그냥 지나쳐 왔네
새소리에 무심히 응대하지 않았네
밤하늘의 별들을 세어보지 않았네
친구의 신발을 챙겨주지 못했네
곁에 계시는 하느님을 잊은 시간이 있었네
오늘도 내가 나를 슬프게 했네

정채봉

아, 이 시 참 예쁘다. 그 마음 하도 맑고 향기로워 수녀님 중
창단도 노래 지어 불렀다. 그런 시인의 사랑과 동심을 김수환
추기경님은 "아이들의 순수한 눈으로 세상을 볼 수 있다는 것
은 하느님의 큰 축복"이라며 먼저 별님이 된 시인을 추모했다.
정채봉 님의 그 사랑, 그 동심으로 추기경님 이야기를 다룬
작품 『바보 별님』. 선종 후 출간돼 이 세상, 하늘 세상 다 향
기롭게 한다.

방정환, 이원수에 이어 아동문학을 문학의 가장 각광받는 한
장르로 올린 정채봉(1946~2001). 아이들은 물론 어른들에게
까지 동심의 순수와 관음보살 같은 자비와 사랑 심는 '성인
동화'라는 장르도 새로 만들었다.

나는 천 줄기 바람

내 무덤 앞에 서지 마세요
풀도 깎지 마세요
나는 그곳에 없습니다
나는 그곳에서 자고 있지 않아요
나는 불어대는 천 개의 바람입니다
나는 흰 눈 위 반짝이는 광채입니다
나는 곡식을 여물게 하는 햇볕입니다
나는 당신의 고요한 아침에 내리는 가을비입니다
나는 새들의 날개 받쳐주는 하늘 자락입니다
나는 무덤 위에 내리는 부드러운 별빛입니다
내 무덤 앞에 서지도 울지도 마세요
나는 그곳에 없답니다

인디언 전래 시

아무것도 남기지 않고 바람처럼 사라지는 바람의 나라 유목민 시답다. 삼라만상과 자신을 같은 존재로 여기는 인디언의 가슴과 입으로 전해지다 미국 9·11 참사 추도 때 낭송돼 세계를 울린 시. 우리 또한 인디언과 한 갈래인 유목민의 후예거늘. 땅에 이 나라 저 나라 국경 긋지 않고 자유롭게 오가듯 우리의 삶 또한 이승 저승 오가는 것을. 모든 생령(生靈)들 건듯 부는 바람으로 화(化)하여 우주 삼라만상 대대손손 몸 바꿔 이어지고 있거늘.

머금다

거위눈별 물기 머금으니 비 오겠다
충동벌새 꿀 머금으니 꽃가루 옮기겠다
그늘 나비 그늘 머금으니 어두워지겠다
구름비나무 비구름 머금으니 장마 지겠다
청미덩굴 서리 머금으니 붉은 열매 열겠다

사랑을 머금은 자
이 봄, 몸이 마르겠다

천양희

바싹바싹한 과자 물기 머금어 눅눅해 싫었다. 물기 머금은 습자지 붓글씨 번져 성가셨다. 그림자 머금은 산 뉘엿뉘엿 어두워져 외로웠다. 입 안에 넣고 얼른 삼키지는 못하는 약같이 쓰디쓰던 언어 '머금다'. 이 시에서는 술술 넘어간다. 순환하는 자연의 섭리 머금고 이제 천지가 봄 머금으니 꽃 환희 터져 나오겠다. 그러나 사랑만큼은 아직도 쓰디쓴 고독, 이 봄 목마른 사랑 아니라 몸이 마르는 사랑 진정으로 머금은 자에겐. 한 번은 진정으로 아파본 사람에게 세상 더욱 따뜻하게 열리듯 천양희(1942~) 시인의 시는 진정으로 따뜻이 열리는 세상, 날 선 그리움과 고독의 빛나는 결정체를 머금고 있다.

삶이 그대를 속일지라도

삶이 그대를 속일지라도
슬퍼하거나 노하지 말라
우울한 날들을 참고 견디면
기쁨의 날이 오리니
마음은 미래에 사는 것
현재가 한없이 슬프다 해도
모든 것은 한순간에 지나가는 것
그리고 지나간 것은 훗날 소중하게 되리니.

알렉산드르 푸시킨

대학 앞 카페에 새로 걸린 낯익은 시 한 편. 6·25 전후 구호품의 굶주림과 개발의 고난 연대 희망으로 이끈 시. 초라한 이발소, 국밥집, 목로주점, 막장 어둠 비추는 헤드 랜턴 쓴 광원 그림과 함께 액자로 걸려 환한 세상 깁게 하던 시. 오늘도 하나둘씩 다시 걸리며 거덜 난 살림, 거덜 난 마음 깁고 있다. 러시아 문학의 아버지로 오늘도 러시아 민중이 가장 사랑하는 알렉산드르 푸시킨(1799~1837)의 대표 시. 오늘도 시대와 국가를 넘어 세상과 인간과 희망을 깁고 있는 진정한 휴머니즘 시 한 편의 위엄.

인삼밭을 지나며

내 어찌 인간을 닮고 싶었으랴
내 일찍이 풀의 이름으로 태어나
어찌 인간의 이름을 닮고 싶었으랴
나는 하늘의 풀일 뿐
들풀일 뿐
어찌 인간의 영혼을 지녔으랴
어찌 인간이 되고 싶었으랴

정호승

천지인삼재(天地人三才). 하늘과 땅 사이 모든 것을 도리로써
생육하고 주재하는 고귀한 존재가 사람일진대. 풀로 태어나
죽어가는 사람 살리는 약효와 생김새로 그런 귀한 이름 얻은
인삼(人蔘). 제 이름 푸념하며 언감생심 인간을 나무라는 듯
하네. 하늘과 땅 사이 가득한 신령한 기운 저버리고 유아독
존 중뿔난 인간 이름 닮고 싶지 않다 하네.

때론 순정한 서정시, 때론 지독한 연애시, 때론 현실주의 시로
독자와 상스럽지 않게 가장 잘 소통될 수 있는 시를 쓰는 정
호승(1950〜) 시인. 누구든 고급스런 독자로 끌어들일 수 있는
시인이 가장 행복한 시인일 것을.

여름날
—마천*에서

버스에 앉아 잠시 조는 사이
소나기 한줄기 지났나 보다
차가 갑자기 분 물이 무서워
머뭇거리는 동구 밖
허연 허벅지를 내놓은 젊은 아낙
철벙대며 물을 건너고
산뜻하게 머리를 감은 버드나무가
비릿한 살냄새를 풍기고 있다

신경림

---

* 마천 : 경남 산청군에 속하는 지리산 아랫마을.

산뜻한 나무 냄새, 물 냄새, 젊은 아낙 허연 허벅지 살냄새 시원한 여름 시 한 편. 겁쟁이 버스와 산도적 같은 소나기와 새침데기 버드나무와 활달한 젊은 여인네가 에로틱하게 어우러지는 지리산 아랫마을 냇가 풍경. 대자연과 맨몸으로 정직하게 만났던 여름 한때.

현실과 긴장을 잃지 않으면서도 서정의 울림이 찡한 시를 써 민중 서정시 세계를 연 신경림(1936~) 시인. 항상 낮은 곳과 어우러지며 낮은 목소리로 그들의 한과 원을 안아줘야 시의 현실적 울림도 크다는 것을 가르쳐주는 시인.

산비둘기

산비둘기 두 마리가
정겨운 마음으로 서로
사랑했습니다

그 다음은
차마 말씀드릴 수 없습니다

장 콕토

요즘 소설같이 주저리주저리 할 말 다 해버리는 시들 참 많다. 그럼 짧고 실없어 보이는 이 시 한번 읽어보시길. "내 귀는 소라 껍질 / 그리운 바다 파도 소리여!"라는 단 두 줄 시로 세계 독자 사로잡은 프랑스 시인 장 콕토(1889~1963)답게, 또 시인 이름처럼 이 시도 참 짧지만 예쁘다. 이러쿵저러쿵 말도 많은 세상, 차라리 말 없음이 더 많은 사랑 이야기 보여준다. 피카소 친구답게 입체적으로, 영화감독답게 만화경 요술꾸러기같이.

섬진강 매화꽃을 보셨는지요

매화꽃 꽃 이파리들이
하얀 눈송이처럼 푸른 강물에 날리는
섬진강을 보셨는지요
푸른 강물 하얀 모래밭
날 선 푸른 댓잎이 사운대는
섬진강 가에 서럽게 서보셨는지요
해 저문 섬진강 가에 서서
지는 꽃 피는 꽃을 다 보셨는지요
산에 피어 산이 환하고
강물에 져서 강물이 서러운
섬진강 매화꽃을 보셨는지요
사랑도 그렇게 와서
그렇게 지는지
출렁이는 섬진강 가에 서서 당신도
매화꽃 꽃잎처럼 물 깊이
울어는 보았는지요
푸른 댓잎에 베인

당신의 사랑을 가져가는
흐르는 섬진강 물에
서럽게 울어는 보았는지요

김용택

그렇더라. 피고 지고 지천으로 날리는 매화꽃 세상이더라. 첫 사랑 첫 그리움 환하게 피어올라 서럽더라. 꽃구름처럼 몰려 든 매화꽃 인파, 뺨뺨마다 발갛게 순정의 꽃 피어오르더라. 삼한 시대 그 너머로 흐르는 그리움의 젖줄, 섬진강 서정 결 곱게 엮는 시인. 꽃그늘같이 환한 설움의 민족 서정.

다른 시인이 섬진강에 대한 시를 쓰려면 김용택(1948~) 시인 에게 허락받고 써야 한다는 농까지 있을 정도로 섬진강 주인 이 된 시인. 초등학교 교사로서의 맑은 눈과 섬진강을 흐르는 반만년 조선 서정이 저절로 시를 쓰게 하는 듯.

죽편(竹篇) 1
—여행

여기서부터, —— 멀다
칸칸마다 밤이 깊은
푸른 기차를 타고
대꽃이 피는 마을까지
백 년이 걸린다

서정춘

등 구부려 피곤한 몸 누인 기차 대합실. 칙칙폭폭 10년인가 100년인가 멀고 아득하다. 함께 웃고 울며 살고 지는 고향길은. 울먹이듯 쉰 목청으로 가난이야 가난이야 가난 타령 잘도 부르는 서정춘(1941~) 시인이 30년 만에 내놓은 시. 대나무 달랑 한 조각 페이지. 짧다. 짧게 텅 비운 감동 먼 시공(時空) 울린다.

정(情)과 한(恨)의 이 땅 5천 년 소리꾼 장사익도 화답한 시. 푸른 댓잎 같은, 누런 대통 같은 장사익 소리 따라 읽으면 우리네 한도 이리 맑은 서정인 것을. 꿈속에서라도 푸른 기차 타고 대꽃 피는 고향 가 어우러지소서.

그리운 시냇가

내가 반 웃고
당신이 반 웃고
아기 낳으면
돌멩이 같은 아기 낳으면
그 돌멩이 꽃처럼 피어
깊고 아득히 골짜기로 올라가리라
아무도 그곳까지 이르진 못하리라
가끔 시냇물에 붉은 꽃이 섞여 내려
마을을 환히 적시리라
사람들, 한잠도 자지 못하리

장석남

물 첩첩 산 첩첩 강원도 정선 골짜기에서 온 전화. 들어가다 보면 산신령 돼 영영 다시 못 나올 것 같은 인제 진동계곡에서 날아든 소식. 진달래 꽃망울 맺어 이제야 봄이 막 시작됐다고. 언 산들 몸 풀어 봄나물들 삐죽삐죽 내밀고 있다고. 세월도 물안개에 갇혀 천천히 흐르는 곳. 꽃 다 진 도회 일상에서도 반쯤은 깊고 아득한 골짜기 그런 삶 살고 있진 않느냐고.

도회에 살면서도 젊은 시절부터 산골짜기에서 울리는 깊으면서도 환한 시 써오고 있는 장석남(1965~) 시인. 이러다 정말 아득한 골짜기 들어 신선의 시 경지 오르겠네.

호수 1

얼굴 하나야
손바닥 둘로
폭 가리지만,

보고픈 마음
호수만 하니
눈 감을밖에

정지용

도심 되살아난 하천들 봄빛 비춰 즐겁겠다. 개나리 노란 장막
치고 연록 머리채 물가에 휘휘 풀어 감는 버들 아씨 상큼하겠
다. 엄마 따라 둥둥 떠다니며 연방 자맥질 배우는 아기 오리
모가지 간지럽겠다. 사람들 조깅하다 오가는 봄 못내 아쉬워
천천히 숨 고르며 쉬는 때. 시냇물 여울져 흘러내리다 감돌며
머무르는 곳. 이때 이곳이 바로 그리움의 호수. 쉽고 예쁜 우
리말 단 한 문장. 정갈한 행갈이 연 나눔하며 시의 맛과 멋에
풍덩 빠지게 하는 시의 호수.

동서양 해박한 지성과 기교로 일제하에서 시를 일구며 청록
파 시인들을 길러내 해방 후 시단을 청정하게 이어지게 한 정
지용(1902~1950) 시인. 남북 분단은 그런 우리 시의 고향마저
앗아가 정×용으로 불리던 시절도 있었으니.

서정(抒情)

비가 내리고 있었다.
나무에 걸린 바람도 비에 젖어
갈기갈기 찢기고 있었다.

내 팔에 매달린 너.
비는 밤이 오는
그 골목에도 내리고

비에 젖어 부푸는 어둠 속에서
네 두 손이 내
얼굴을 감싸고 물었다.

가장 부드러운 목소리로
가장 뜨거운 목소리로.

전봉건

말하려면 목이 먼저 메는 일이 있다. 사무쳐 값싼 울음으로 흘려버리는 시가 있다. 그러니 말없이 살 떨리는 정황만 그릴 수밖에. 비에 젖어 갈기갈기 찢기는 바람, 비에 젖어 부풀어 오르는 어둠, 어둠 속 비에 젖어 울고 있는 너와 나의 촉촉한 마음도 그릴 수밖에.

점잖고 속 깊은 모던한 서정 세계를 일구다 간 전봉건(1928~1988) 시인. 그의 시가 있어 우리 현대시는 난해 시의 허황된 지적 치장도, 덜 익은 값싼 감상도 떨칠 수 있는 것을.

소라

바다엔
소라
저만이 외롭답니다

허무한 희망에
몹시도 쓸쓸해지면
소라는 슬며시
물속이 그립답니다

해와 달이 지나갈수록
소라의 꿈도 바닷물에 굳어간답니다

큰 바다 기슭엔
온종일
소라
저만이 외롭답니다

조병화

해수욕장 여는 바람 남쪽 바다부터 불어올 때면 나는 시원
한 물속 아니라 이 시 그리워진다. 수평선 너머 먼바다 해조
음(海潮音) 듣는 소라 귀 그리워진다. 희망도 꿈도 굳은 이 나
이에도 해조음 아득한 그리움만 쌓여가고. 빵떡모자 파이프
에서 피어오르는 너그러운 소통의 서정, 그 시인의 오래된 시
가 못내 그리워진다. 일상 속을, 자연 속을 살아내면서 감흥
이 일면 스케치도 하고 시도 써 가장 많은 시를 남긴 조병화
(1921~2003) 시인. 쉽게 읽히며 일상에 마모된 꿈과 낭만을
다시 자연스레 불어넣어 주는 게 그의 시의 가장 큰 미덕.

먼 바다 푸른 섬 하나

먼 바다 푸른 섬 하나
아름다운 것은
그대 두고 간 하늘이
거기 있기 때문이다

눈물과 한숨으로 고개 숙인
먼 바다
새털구름 배경을 이룬
섬 하나

뭐랄까
그대 마음 하나 옮겨 앉듯
거기 떠 있네

먼 바다 푸른 섬 하나
아름다운 것은
내가 건널 수 없는 수평선

끝끝내 닿지 못할
그리움이 거기 있기 때문이다

한기팔

여름휴가 철 오면 도심이 텅 빈 듯 교통 소통 잘 된다. 그리
움과 소통하려 다 산으로 바다로 섬으로 내달려 간 탓일 게
다. 그런데 제주도에서 태어나 평생 제주도만 읊은 제주도 시
인 한기팔(1937~)께서도 또 다른 섬 그리우신 겐가. 새털구름
배경을 이룬 하늘의 섬, 끝끝내 닿지 못할 먼 하늘 푸른 섬에
아무도 못 딸 그리움 하나 심어두셨나.

그리움이란

그리움이란 이런 것
출렁이는 파도 속에서 사는 것
그러나 시간 속에 고향은 없는 것

소망이란 이런 것
매일의 순간들이
영원과 나누는 진실한 대화

그리고 산다는 것은 이런 것
모든 시간 중에서도 가장 고독한 순간이
어제 하루를 뚫고 솟아오를 때까지
다른 시간들과는 또 다른 미소를 띠고
영원 속에서 침묵하고 마는 것

라이너 마리아 릴케

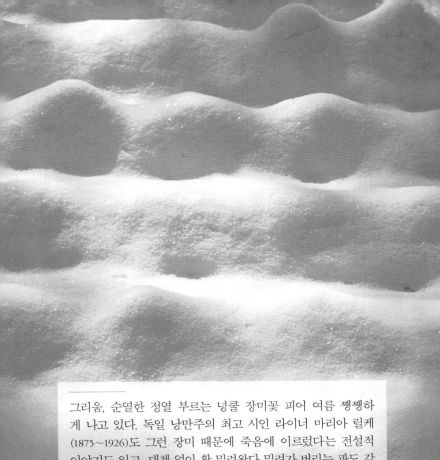

그리움, 순열한 정열 부르는 넝쿨 장미꽃 피어 여름 쨍쨍하게 나고 있다. 독일 낭만주의 최고 시인 라이너 마리아 릴케 (1875~1926)도 그런 장미 때문에 죽음에 이르렀다는 전설적 이야기도 있고. 대책 없이 확 밀려왔다 밀려가 버리는 파도 같은 그리움, 소망 같은 그리움, 하여 우리네 매 순간순간 삶 같은 그리움. 너와 나, 순간과 영원이 순하게 포개질 때 밀려드는 고독을 뚫고 솟아나는 그리움. 그러나 그리움이란 이런 것이다 하고 이리 쉽게 말해질 순 없는 아득하고 또 아련한 그런 것은 아닐는지.

갈대꽃

지난여름 동안
내 청춘이 마련한
한 줄기의 강물

이별의 강 언덕에는
하 그리도
흔들어 쌓는

손
그대의 흰 손
갈대꽃은 피었어라.

유안진

갈대꽃 피어 이제 여름 청춘의 잔해와는 확실하게 이별하고 있다. 가을 강보다 더 넘실거리는, 햇살 아래 아직 덜 삭은 추억의 하, 빛나는 은빛 알갱이들. 서정의 제1 대상이면서 그대로가 일렁이는 그리움인 서정의 원형 갈대. 그런 속성 언어로 그려낸 갈대밭 진경산수(眞景山水) 한 폭.

언제 보아도 안동 양반집 누님 같으신 유안진(1941~) 시인. 그래서인가 후배들 밥과 술도 잘 사주시고 또 서정이면 서정, 시대면 시대에 딱 맞아떨어지는 시로 한 수 가르치시네.

푸르른 날

눈이 부시게 푸르른 날은
그리운 사람을 그리워하자

저기 저기 저, 가을꽃 자리
초록이 지쳐 단풍 드는데

눈이 나리면 어이하리야
봄이 또 오면 어이하리야

내가 죽고서 네가 산다면!
네가 죽고서 내가 산다면?

눈이 부시게 푸르른 날은
그리운 사람을 그리워하자

서정주

천지가 푸른 신록의 계절에도, 눈부신 햇살과 단풍의 계절에
도 이 시만 보면 그리움 환하게 물들어온다. 환한 햇살 앙다
문 여린 잎새 그늘처럼, 단풍 그늘처럼. 한글 아니면 흉내 낼
수 없는 "저기 저기 저, 가을 꽃자리 / 초록이 지쳐 단풍 드는
데"에 이르면 5음보 율격(律格)과 풍격(風格)에 절로 탄성이
터진다. 한글의 맛과 멋과 오묘함을 한껏 드러낸 시.
하여 서정주(1915~2000) 시인을 '한국 시의 정부', '부족 방언
의 마술사'라 이르는가. 여하튼 시인이 남긴 1천여 시 편편을
읽으면 우주 삼라만상과 귀신도 탄복할 신명 깃들어 있거늘.

가을 앞에서

이젠 그만 푸르러야겠다.
이젠 그만 서 있어야겠다.
마른풀들이 각각의 색깔로
눕고 사라지는 순간인데

나는 쓰러지는 법을 잊어버렸다.
나는 사라지는 법을 잊어버렸다.

높푸른 하늘 속으로 빨려 가는 새.
물가에 어른거리는 꿈

나는 모든 것을 잊어버렸다.

조태일

댓잎같이 푸르게, 소나무같이 꿋꿋하게 국토와 민중을 노래
한 시인. 모든 것 쓰러지고 사라지는 가을 앞에서도 의연하
다. 높푸른 하늘의 깊이로 날아오르는 이상, 가을 물속에 비
친 맑은 꿈 저버릴 수 없던 시대. 철 따라 색색 달리하며 드러
눕고 일어서는 잡풀들, 감상과 잇속에 젖은 잡것들 반역의 순
리, 그 청정함 어이 알리.

참여, 민중 시의 종가 창비시선 첫머리에 오른 조태일(1941~
1999) 시인. 대접받자고 살아 혁명 운동 펼친 바 없거늘 죽어
푸대접받는다 탓할 리 없으련만, 야속한 잡것들의 세월이여.

바람꽃

단 하나 부족하여
너를 더듬게 하던 것이,

단 하나 부족하여
너를 등지게 하던 것이,

단 하나 부족하여
너를……

송기원

머물러 움켜쥘 수 없는 안타까운 아름다움이 바람꽃인 줄 알았는데 그게 아니데. 지난여름 설악산 봉정암에 오르는 바람맞이 능선에서 실제로 그 꽃을 보았네. 하얀 마음 다 드러내 놓고 출렁이며 바람과 덧없는 사랑에 빠진 꽃. 와락 안지도 못하고 덜컥 뛰어내리지도 못하고 붙박이 자세로 하염없이 흔들리고만 있는 꽃. 흔들리며 "단 하나 부족하여 너를, 너를 ……" 자꾸 묻게 하는 꽃이 바람꽃이데.

1970~1980년대 민주화 투쟁에 앞장서다 갑자기 계룡산으로 들어가더니 다시 인도까지 가 도 닦은 시인 겸 소설가 송기원 (1947~). 이런 대책 없는 낭만적 서정이었기에 순정한 혁명에 뛰어들 수 있었던 것이리.

들국화

산등선 외따른 데,
애기 들국화.

바람도 없는데
괜히 몸을 뒤뉘인다.

가을은
다시 올 테지.

다시 올까?
나와 네 외로운 마음이,
지금처럼
순하게 겹친 이 순간이―

천상병

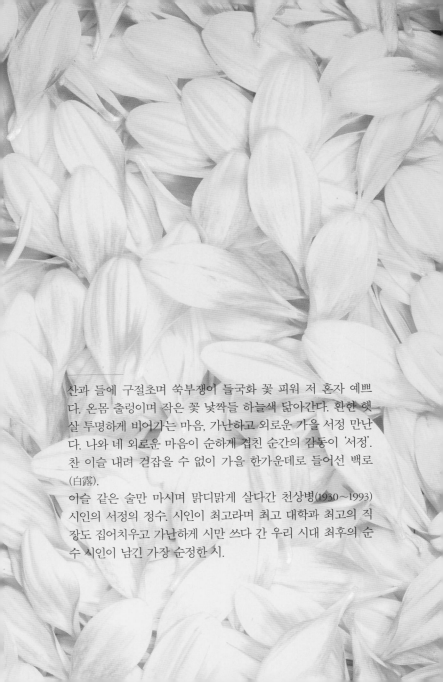

산과 들에 구절초며 쑥부쟁이 들국화 꽃 피워 저 혼자 예쁘다. 온몸 출렁이며 작은 꽃 낯짝들 하늘색 닮아간다. 환한 햇살 투명하게 비어가는 마음, 가난하고 외로운 가을 서정 만난다. 나와 네 외로운 마음이 순하게 겹친 순간의 감동이 '서정'. 찬 이슬 내려 걷잡을 수 없이 가을 한가운데로 들어선 백로(白露).

이슬 같은 술만 마시며 맑디맑게 살다간 천상병(1930~1993) 시인의 서정의 정수. 시인이 최고라며 최고 대학과 최고의 직장도 집어치우고 가난하게 시만 쓰다 간 우리 시대 최후의 순수 시인이 남긴 가장 순정한 시.

그리움

빈 곳을 채우는 바람처럼
그대 소리도 없이
내 마음 빈 곳에 들어앉아
나뭇잎 흔들리듯
나를 부들부들 떨게 하고 있나니.
보이지 않는 바람처럼
아니 보이지만 만질 수 없는 어둠처럼
그대 소리도 없이
내 마음 빈 곳에 들어앉아
수많은 밤을 잠 못 이루게
나를 뒤척이고 있나니.

박건한

시의 처음이자 마지막인, 삶과 죽음의 끝없는 시작인, 너와
나의 외로움이 서로 끌어당기는 만유인력인, 하여 우주의 궁
극인 그리움을 대뜸 시제(詩題)로 내걸다니. 보일 것도 같고
만질 수 있을 것도 같고 닿을 수 있을 것도 같지만 끝끝내 그
리할 수 없는 것들. 함께할 수 없는 너와 나의 순수의 인력(引
力). 잠 못 이루고 수많은 밤 뒤척이게 하는 그리움 잡힐 듯
말 듯.

수십 년 시적 침묵에도 박목월이 가장 아낀 시인 박건한
(1942~)다운 시. 지금은 골동품이 된 납 활자로 선배, 동료 시
인들 시선집 펴내주며 시집의 외형적 풍격을 한껏 높여주고
있는 시인.

견딜 수 없네

갈수록, 일월(日月)이여,
내 마음 더 여리어져
가는 8월을 견딜 수 없네.
9월도 시월도
견딜 수 없네.
흘러가는 것들을
견딜 수 없네.
사람의 일들
변화와 아픔들을
견딜 수 없네.
있다가 없는 것
보이다 안 보이는 것
견딜 수 없네.
시간을 견딜 수 없네.
시간의 모든 흔적들
그림자들
견딜 수 없네.

모든 흔적은 상흔(傷痕)이니
흐르고 변하는 것들이여
아프고 아픈 것들이여.

정현종

흘러가는 것, 있다가 없는 것, 지나간 시간들의 상처. 추억이 아니라 상흔이라니. 이 가을 내 마음도 여리어져 견딜 수 없네. 봇물 터지듯 자연스레, 인간적으로 터진 한탄도 이리 정갈할 수 있을까. 시 최고 텍스트 『시경(詩經)』에 공자 이르길 "즐겁되 음탕하지 말고 슬프되 너무 상심해 울지 마라" 했거늘. 무상(無常)에 대한 눈물 보이지 않는 아픔의 운율, 10월의 마지막을 더 아프고 견딜 수 없게 하네.

정현종(1939~) 시인의 제1회 미당문학상 수상작이기도 하다. 미당 서정주 시같이 온몸으로 우주와 감응하며 터져 나온 빛살 같은 언어의 시를 쓰고 있다.

아침 꽃잎

오늘따라 그가 내 안에 가득하다, 밀물이듯이
밤새 내 머리맡에 무슨 일이 있었을까
마치 터질 것만 같이 가슴이 벅차오르다니
내가 그의 거처가 되고 그릇이 된다는 것은
얼마나 행복한 일인가
그의 이름만 불러도 내 눈에 금세 눈물이 넘쳐흐름은,
이미 그가 내 안에 아침 꽃잎으로 흐드러지게
피어 있는 까닭이리

양성우

기나긴 죽음의 시절, '겨울 공화국' 시국. "청산이 소리쳐 부르
거든 / 나 이미 떠났다고 대답하라"며 민주화 투쟁 이끌던 시
인. 이 시를 표제작으로 한 새 시집에선 가슴 벅찬 아침 꽃잎
으로 돌아왔다. 그리운 임, 열고픈 세상 껴안는 거처는 아침
꽃잎 같은 첫 마음, 단심(丹心)이라며.

유신 정권 시절 저항 시인의 상징이기도 한 양성우(1943~) 시
인의 시는 첫 마음, 그리움을 비비 꼬지 않고 선 굵은 남성적
톤으로 읊더라도 그대로 노래가 될 정도로 타고난 운율을 지
니고 있다.

구절초 시편

찻물을 올려놓고 가을 소식 듣습니다
살다 보면 웬만큼은 떫은 물이 든다지만
먼 그대 생각에 온통 짓물러 터진 앞섶
못다 여민 앞섶에도 한 사나흘 비는 오고
마을에서 멀어질수록 허기를 버리는 강
내 몸은 그 강가 돌밭 잔돌로나 앉습니다
두어 평 꽃밭마저 차마 가꾸지 못해
눈먼 하 세월에 절간 하나 지어놓고
구절초 구절초 같은 차 한 잔을 올립니다

박기섭

하얀 하늘, 파란 하늘, 놀 진 하늘 색깔 닮은 구절초, 쑥부쟁이, 들국화 꽃 피어나며 가을 부르고 있다. 바람에 하늘거리며 앞섶 풀어 이 땅, 조선의 순정한 빛깔 드러내고 있다. 이런 날 찻물 올려놓고 가을 소식 듣는 시조 세 수 참 그윽하다. 구절초 같은 가을 차 한 잔 얻어 마시며 삶에 해진 마음자리 땀땀이 깁고 싶다.

차(茶)로써, 도(道)로써 심성 가다듬으며 시 써온 영남 가단 현대적 중추 박기섭(1954~) 시인답게 차 한 잔 올리는 예로써 인정의 가을 시 한편 올리고 있네.

몸詩 17

─和

이슬은
하늘에서 내려온 맨발
풀잎은
영혼의 깃털
고맙다
서로 편히 앉아 쉬고 있다
허락하고 있다

정진규

애증(愛憎), 천지(天地), 남북(南北), 보혁(保革), 음양(陰陽), 그리고 영육(靈肉). 나 자신마저 몸과 마음으로 갈려 팍팍하고 착잡한 삶과 세상. 시인은 상반(相反)을 마침내 화합해 편안한 경지 들었다. 하늘의 마음인 듯한 이슬은 맨발의 육체를, 땅의 육체인 듯한 풀잎은 깃털 같은 영혼을 서로 허락하고 있다. 관념 아닌 우리네 구체적 몸과 삶으로 우주와 화답하고 있다.

전통의 시 전문지 『현대시학』을 이끌면서 이제 원로 대접을 받아도 넉넉한 연륜에 '몸시', '알시' 연작을 내놓으며 시적 긴장의 끈을 놓치지 않는 정진규(1939~) 시인. 젊은 시인들과 어깨 나란히 하며 시적 깊이 보여주고 있는 모습 참 보기 좋다.

애정의 숲

우린 순수를 생각했었다
나란히 길을 걸으며
우린 서로 손을 잡았다
말없이…… 이름 모를 꽃들 사이에서

우린 약혼자처럼 걸었다
둘이서, 목장의 푸른 밤 속을
그리고 나눠 먹었다. 저 꿈나라 열매
취한 이들이 좋아하는 달을

그리고 우린 이끼 위에 쓰러졌다
둘이서 아주 머얼리, 소곤거리는 친밀한
저 숲의 부드러운 그늘 사이에서

그리고 저 하늘 높이, 무한한 빛 속에서
우린 울고 있었다
오 사랑스러운, 말없는 나의 반려여!

폴 발레리

나와 네 외로운 마음이 만나는 순간, 그 만물 조응(萬物照應)의 순수 향연을 오감(五感)으로 전하려 했던 프랑스 상징주의 순수시 최고봉 폴 발레리(1871~1945) 시인도 이런 여린 마음으로 애인과 만물과 독자와 소통하려 했거늘. 모든 책, 지식 다 덮고 너와 나, 시인과 대상이 진실로 살갑게 만날 때 말 없어도 우주와 소통할 수 있거늘. 어려워라, 감동의 가슴이 아니라 머리로 쓰이는 요즘의 많은 시들.

4월의 노래

목련꽃 그늘 아래서
베르테르의 편질 읽노라
구름 꽃 피는 언덕에서 피리를 부노라
아 멀리 떠나와 이름 없는 항구에서
배를 타노라
돌아온 4월은 생명의 등불을 밝혀 든다
빛나는 꿈의 계절아
눈물 어린 무지개 계절아

목련꽃 그늘 아래서
긴 사연의 편질 쓰노라
클로버 피는 언덕에서 휘파람 부노라
아 멀리 떠나와 깊은 산골 나무 아래서
별을 보노라
돌아온 4월은 생명의 등불을 밝혀 든다
빛나는 꿈의 계절아
눈물 어린 무지개 계절아

박목월

목련꽃 합창하네. 풍성한 깃, 하얀 칼라 여고생들 창 밝은 음악실 모여 피어나는 청춘 구가하네. 동경 우정 사랑 순수 그리움, 그리고 젊은 베르테르의 편지. 청춘의 낭만적 목록들 등불 밝히네. 보석같이 빛나는 정제된 한국어 목월도 목련에 취해 그만 노래 터뜨리는 4월.

청록파(靑鹿派) 시인 이름 그대로 순수 자연 서정을 빛 곱고 결 고운 한국어로 읊은 박목월(1916~1978) 시인. 그러나 독재와 반독재로 얼룩진 모진 세월은 그런 시도 외면하고 있는 감 없지 않네.

분수

1
발돋움하는 발돋움하는 너의 자세는
왜 이렇게
두 쪽으로 갈라져서 떨어져야 하는가.

그리움으로 하여
왜 너는 이렇게
산산이 부서져서 흩어져야 하는가.

2
모든 것을 바치고도
왜 나중에는
이 찢어지는 아픔만을
가져야 하는가.

네가 네 스스로에 보내는
이별의
이 안타까운 눈짓만을 가져야 하는가.

3
왜 너는
다른 것이 되어서는 안 되는가,

떨어져서 부서진 무수한 네가
왜 이런
선연한 무지개로
다시 솟아야만 하는가.

김춘수

봄 4월 들어 크고 작은 분수들 물 뿜기 시작한다. 꽃에 뒤질
세라 물꽃 피워 올리며 물꽃 이파리 햇살에 휘날린다. 그리움
산산이 부서져 흩어지는데, 왜 사랑으로 발돋움하는 자세는
이렇게 갈라져 떨어져야만 하는지. 이별의 안타까운 눈짓만
보내야 하는지. 그러다 다시 이렇게 눈앞에서 선연한 무지개
로 솟구쳐 오르는지. 네게로 가서 잊히지 않는 꽃이 되고픈,
그 그리움의 '의미'가 포말로 흩어져 무지개로 떠오르는 시인
의 언어.
그 분열로서의 인간 조건을 극복하기 위해 무의미 시까지 시
적 실험을 했던 김춘수(1922~2004) 시인. 실험 시의 대부이면
서 모든 실험의 궁극은 해탈이 아니라 소통 불능의 나락이라
는 것을 온몸으로 깨우치고 간 시인.

그 사람에게

아름다운
하늘 밑
너도야 왔다 가는구나
쓸쓸한 세상 세월
너도야 왔다 가는구나.

다시는
못 만날지라도 먼 훗날
무덤 속 누워 추억하자,
호젓한 산골길서 마주친
그날, 우리 왜
인사도 없이
지나쳤던가, 하고.

신동엽

4월 한복판 진달래 산천 되면, 진달래꽃 붉은 함성 온 산하 뒤덮으면 떠오르는 쓸쓸한 서정. 동학혁명, 4·19혁명…… 혁명의 시인, 혁명의 계절인데 왜 하필 이 시? 진달래 같은 수줍음, 여린 서정, 무덤 속까지 가는 순정이 혁명의 알맹이, 항심(恒心)일지니. 하여 뻔뻔하고 드센 껍데기는 가라.

서구의 시 이론과 서구의 시 형식을 거추장스럽게 걸치고 있던 1950~1960년대 민족의 정신과 정서, 그리고 역사와 현실을 직시하던 신동엽(1930~1969) 시인이었기에 이렇게 아름다운 토속적 서정도 깔끔하게 퍼 올릴 수 있었을 것.

묵화(墨畵)

물 먹는 소 목덜미에
할머니 손이 얹혀졌다.
이 하루도
함께 지났다고,
서로 발잔등이 부었다고,
서로 적막하다고,

김종삼

봄의 한가운데 춘분(春分) 지나면 밤 짧고 낮 날로 길어지며 농촌 일손 바빠진다. 언 땅 뒤엎는 쟁기질에 물 댄 논흙 몽글어 빗는 써레질. 소 또한 바빠진다. 종일토록 같이 일한 할머니와 소 함께 도란거리는 소리. 묵향 퍼지듯, 한지에 먹물 번지듯 우리네 서로 적막한 가슴속 촉촉이 적신다. 지극히 아낀 말로 그린 한 폭 정경이 할 말 다 하게 하는 시의 모범. 색깔 없이 먹으로만 그린 묵화 담담한 맛이 삶 본디의 적막함까지 담고 있다. 행간에서는 워낭 소리 달랑달랑 새 나오게 하면서.

등산모에 담배 파이프 문 멋진 '시인학교 교장선생님' 김종삼 (1921~1984) 시인. 모리스 라벨, 폴 세잔, 에즈라 파운드 등 음악, 미술, 시 강사 다 결강한 학교에서 김관식 시인은 욕지거리하며 호기롭게 술 마시고 있고 시인과 전봉래 시인은 한 귀퉁이에 서서 몰래 소주 나누어 마시고 있다고 시 「시인학교」에 쓰고 있다.

그날 이후

너의 자그만 어깨 너머로
쪽빛 바다가 보인다

쟁반에 누운 술병과
접시에 엎드린 빠알간 꽃게도

환히 보인다 끝없이
칭얼대는 물결의 노래도

그날 이후 다시는
그곳에 가보지 않았지만

심호택

여객선 터미널 앞 주점. 짙은 해무(海霧) 무적(霧笛) 소리 드뷔시 〈목신의 오후에의 전주곡〉 나무 피리 선율처럼 아른거리고. 알코올 소금 접시 파르스름하게 피어오르는 불꽃 위 발갛게 익어가는 소라 고동. 이제 와 새삼 이 나이에 실연의 달콤함이야 있겠냐마는 왠지 한 곳이 비어 있는…… 흐르는 노래. 그래 이 가눌 수 없는 세월에 〈낭만에 대하여〉를 떠올리게 하는 씁쓸하고 예쁜 시.

심호택(1947~) 시인의 시에는 이렇게 짧지만 사랑의 슬프고도 아름다운 이야기들이 흐르고 있다.

떨고 있는 그리움

여름은 셀 수 없이
많은
햇살 묶음

가을은 한 사람의
마음이
마른 남자

겨울은
문밖에 서서
떨고 있는
그리움

김영재

입하(立夏) 지난 햇살 무성하여 가닥가닥 묶음이다. 봄 여름 햇살 그렇게 묶어 말리는 가을 잔광(殘光)은? 서걱서걱 말라가는 가을 남자의 마음인가. 아닐 것이다. 이 모든 햇살들 다 엉기고 풀어지며 떨고 있는 그리움. 말라가는 나이에 그런 그리움 첫 마음 떨리게 가다듬고 있는 시조 한 수. 어떠신가. 3, 4, 3, 4…… 쉽고 예쁜 우리말 발맞춰 한 수 짓고 싶지는 않으신지.

시조단의 '과격한 행동파'로서 시조의 현대화 뒷배인 줄만 알았던 김영재(1948~) 시인. 산을 오르며 자연과 본심과 만나 이리 결 곱고 아린 서정 길어 올리고 있다니 놀랍다.

그리워

그리워 그리워 찾아와도
그리운 옛 님은 아니 뵈네
들국화 애처롭고
갈꽃만 바람에 날리고
마음은 어디고 붙일 곳 없어
먼 하늘만 바라본다네

눈물도 웃음도 흘러간 세월
부질없이 헤아리지 말자
그대 가슴엔 내가 내 가슴엔 그대 있어
그것만 지니고 가자꾸나
그리워 그리워 찾아와서
진종일 언덕길을 헤매다 가네

이은상

햇살 좋고 바람 삽상한 날 붙일 곳 없는 마음 어느 가까운 언덕이나 들녘 찾아보시길. 그리운 옛 임, 내 가슴속에 있는 그대가 어찌 연인뿐이랴. 바람에 날리는 들국화와 갈꽃과 언덕길, 그리고 추억. 가슴속에 그리움으로 남아 있는 모든 것 다 옛 임 아니랴. 모두 다 흘러갔다 부질없이 헤아리지 말고, 붙일 곳 없는 마음 탓하지 말고 부는 바람 따라 한나절 그 좋은 추억과 어우러져도 좋은 계절이 어디 쓸쓸한 가을날뿐이랴. 정지용의 시 「고향」이 채동선 곡의 원래 가사였는데 납북으로 못 불려 대신 쓰인 시. 시조 시인 이은상(1903~1982)의 보편적 서정과 가락 탓인가. 원래 가사 못지않은 그리움의 호소력이 있다.

산 노을

먼 산을 호젓이 바라보면
누군가 부르네
산 너머 노을에 젖는
내 눈썹에 잊었던 목소린가
산울림이 외로이 산 넘고
행여나 또 들릴 듯한 마음
아, 산울림이 내 마음 울리네
다가왔던 봉우리 물러서고
산 그림자 슬며시 지나가네

나무에 가만히 기대보면
누군가 숨었네
언젠가 꿈속에 와서
내 마음에 던져진 그림잔가
돌아서며 수줍게 눈감고
가지에 숨어버린 모습
아, 산울림이 그 모습 더듬네

다가서던 그리움 바람 되어
긴 가지만 어둠에 흔들리네

유경환

해 길어지고 청산 우거질수록 산 그림자 짙어가는 초여름. 밝은 햇살 흰 구름 따라 산 그림자 풀 따기 하듯 하릴없이 흐르고 또 흐르고. 그렇게 석양 노을 무렵 찾아들면 하, 외롭고 그립다. 스르르 치마 벗듯 산 넘어가는 햇살과 그림자. 점점 붉어지는 산 얼굴. 내 눈썹에 지는 산 그림자. 먼 산 가까운 산 뻐꾸기 울음만 화답하는 외로운 초하(初夏)의 적막강산.

동시인이기도 한 유경환(1936~2007) 시인의 시 속에는 순진무구한 동심이 차 있어 외로움과 그리움도 이리 정갈하게 다가오는가.

가을바람

넘쳐 흘러내리는 시원한 매미 울음소리와
더위에 지친 옥수수 잎사귀의 와삭거림
그 사이

고추잠자리 날개에 주황색 묻어나는 늦더위와
코발트블루 해맑은 높이에서 사라지는 눈부심
그 사이

황금색 물결 넘실거리는 들녘 끝자락과
논두렁 억새 서너 포기의 가녀린 몸짓
그 사이

거미줄처럼 가늘게 내리는 따가운 햇살과
짐승처럼 드러누운 얼룩진 가로수 그늘
그 사이

허만하

마른 옥수수 잎 와삭거리는 소리. 새벽녘 귀뚜라미 울음소리. 해맑은 높이를 나는 고추잠자리. 황금색 띠어가며 넘실거리는 들녘. 짐승처럼 드러누워 숨 헐떡이는 가로수 그늘. 햇살과 그늘 그 사이를 부는 바람. 늦더위 따가운 햇살 아래 온몸으로 느끼는 가을의 낌새. 가는 여름과 오는 가을 그 사이의 눈부심.

청마 유치환의 제자 허만하(1932~) 시인의 시들은 동서양 아우르는 인문적 교양이 팽팽하게 부풀어 올라 우주적 감성으로 터지는 진경들을 보여준다.

깨끗한 슬픔

눈물도 아름다우면 눈물꽃이 되는가
깨끗한 슬픔 되어 다할 수만 있다면
오오랜 그대 별자리 가랑비로 젖고 싶다
새가 울고 바람 불고 꽃이 지는 일까지
그대 모습 다 비추는 거울이 되었다가
깨끗한 슬픔 하나로 그대 긴 손 잡고 싶다

유재영

눈물, 슬픔도 얼마나 아름답고 깨끗해지면 꽃이 될 수 있는가. 얼마나 더 아파야 사랑은 꽃이 될 수 있는가. 그대 다 담을 수 있는 거울이 될 수 있는가. 새가 울고 바람 불고 꽃이 지는 일, 세상 모든 일이 다 그대 향한 그리움이고 아픔일 때 깨끗한 눈물 축복처럼 피어나는 것인가. 그대 위해 꺾어드리고픈 눈물꽃으로 선명하게 피어오른 촉촉한 언어의 시조 두 수.

박목월과 이태극의 추천으로 각각 현대시와 시조로 데뷔한 유재영(1948~) 시인은 그의 깔끔한 북 디자인 솜씨답게 이미지와 운율이 선명하고 정확하다.

주점일모(酒店日暮)

불빛 노을
이제 쇠처럼 식어가고

황량한 나의 청춘의 일모(日暮)를
어디메 한구석
비가 내리는데

맨드라미마냥 달아오른 입술이
연거퍼 들이키는 서느런 막걸리.

진실로 나의 젊음의 보람이
한잔 막걸리에 다했을 바에

내 또 무엇을
악착하고 회한하고 초조하랴—

무수히 스스로의 이름을 부르며

창연한 노을 속에
내 다시 거리로 나선다.

김종길

마신 술잔 꽃 꺾어 세가며 무진무진 먹자는 이백(李白)의 호방한 권주가가 있는가 하면 이처럼 비장한 엘레지, 정갈한 술시도 있다. 천하의 술꾼 천상병 시인도 저녁 어스름은 가난한 시인의 보람이라며 목숨 걸고 마셨다. 동심과 청춘, 순수와 열정 소환하려. 취해 몽롱한 것은 장엄하니 한 잔 술에 삶의 보람 다한들 어떠하리. 호방하고 비장한 술꾼 사라진 세상 얼마나 삭막하리.

선비의 고장 안동에서 태어난 김종길(1926~) 시인은 어려서부터 한시를 읽고 유학에 심취, 그리고 영문학을 전공한 데서 비롯된 듯 고전적 품격 높은 시를 써오고 있다. 감정을 최대한 절제하며 엄결함이 특장인 시인도 술 앞에선 어쩔 수 없다는 듯 인간적인 술 냄새를 풍기고 있다.

들꽃 한 송이에도

떠나가는 것들을 위하여 저녁 들판에는
흰 연기 자욱하게 피어오르니

누군가 낯선 마을을 지나가며
문득, 밥 타는 냄새를 맡고
걸음을 멈춘 채 오랫동안 고개 숙이리라

길가에 피어 있는 들꽃 한 송이
하찮은 돌멩이 하나에도

전동균

마지막 햇살 안고 저물어가는 들녘, 마을 굴뚝에 피어오르는 흰 연기, 밥 짓는 냄새. 문득, 살아 있는 모든 것들의 체온이 그리워지는 시간. 같은 나그네 가족이면서도 끝내 이름 지어 부를 수 없는 것들이 떠나며 떨어뜨리고 간 의미. 들꽃 한 송이, 하찮은 돌멩이 하나에도 가득 밴 가을 이미지. 한참 고개 숙이고 곰곰 묻게 한다. 한몸 한마음이었는데 왜 또 우린 떠나야만 하느냐고.

신라 천년 고도(古道) 경주 출신이라서 그런가. 전동균 (1962~) 시인의 좋은 시에서는 우주 만물과 감응하는 신라 향가 체취가 묻어난다.

내가 언제

시인이란, 그가 진정한 시인이라면
우주의 사업에 동참할 수 있어야 한다
그러나 내가 언제 나의 입김으로
더운 꽃 한 송이 피워낸 적 있는가
내가 언제 나의 눈물로
이슬 한 방울 지상에 내린 적 있는가
내가 언제 나의 손길로
광원(曠原)을 거쳐서 내게 달려온 고독한 바람의 잔등을
잠재운 적 있는가 쓰다듬은 적 있는가

이시영

가을은 누구라도 시인이 되는 계절. 우주 만물 가난한 마음들 만나 살 비비는 계절이 가을이고 시. 해서 시는 '우주의 사업'. 허나 시인은 그 사업에 제대로 동참했나 자성하고 있다. 시업(詩業) 40여 년, 지상의 방 한 칸 철거당하는 가난한 가족을 위한 더운 눈물의 시, 50억 광년 머나먼 우주 광원 달려온 고독한 별빛의 시 뿌려왔으면서도.

민주화 운동 하다 투옥된 문인들 뒷바라지 다 해준 이시영 (1949~) 시인. 시 창작에서도 모범을 보이며 중심을 잡아 창비를 민중 시의 종갓집으로 만든 장본인.

저곳

공중(空中)이란 말
참 좋지요
중심이 비어서
새들이
꽉 찬
저곳

그대와
그 안에서
방을 들이고
아이를 낳고
냄새를 피웠으면

공중이라는
말

뼛속이 비어서

하늘 끝까지
날아가는
새 떼

박형준

하늘도, 들녘과 산들도 차츰 비어갈 쓸쓸한 계절 가을인데. 이 시 보니 공중(空中)이란 말 좋네. 비우고 또 비워 아무 기 댈 데 없이 허허로운 허공(虛空)이란 말보단 새들 가득 나는 공중 참 좋네. 뼛속까지 들어찬 욕심 다 비우고 그대와 순박 한 사랑으로만 어우러지는 방 한 칸 지상에 들이기 그리 어려 울까. 가난하고 순박한 시인조차 공중 그 좋은 말 찾고서도 '이곳' 아니라 '저곳'이라 하고 있으니.

어릴 적 가난과 외로움이 시에 눈뜨게 했던 박형준(1966~) 시 인. 외로운 만큼 세상을 바라보는 눈 따뜻하고 풍족하다. 그 러면서도 삶 자체 쓸쓸함의 진경(眞景) 그대로 담고 있다.

오수(午睡)

청개구리
토란 잎에서 졸고

해오라기
깃털만치나
새하얀 여름 한낮

고요는
수심(水深)
보다 깊다

김춘추

앞일 뒷일 생각 접고 나도 졸고 싶다. 눈썹 새하얀 햇살 그림
자 없고 깃털만치 가볍게 환한 낮잠에 들고 싶다. 새까만 어
둠 슬픔만 깊은 것인가. 아닐 것이다. 환한 기쁨에도 깊이는
있는 것. 이 환하고 맑은 짧은 시 한 편에도 고요와 평안의 깊
이 있나니. 스르르 녹아드는 낮잠, 그 수유의 편안한 깊이. 빗
살처럼 환한 낮잠 한번 자고 싶다.

조혈모세포 세계적 권위 있는 교수로 백혈병 골수암으로 사
경에 이른 수많은 생명 살려낸 김춘추(1944~) 시인. 정년퇴임
맞아 달랑 시집 한 권 낸 소탈함과 도저한 낭만의 깊이 이 짧
은 한 편의 시로도 충분히 읽힐 듯.

파도

밤늦도록 불경(佛經)을 보다가
밤하늘을 바라보다가
먼 바다 울음소리를
홀로 듣노라면
천경(千經) 그 만론(萬論)이 모두
바람에 이는 파도란다

조오현

라다크 히말라야 산자락 명상 센터. 고지대 헉, 헉 숨 끊길까 무서워 잠 못 드는 밤. 물소리, 벌레 소리, 풍경(風磬) 소리, 적청황백흑 오방 깃발 펄럭이는 소리. 시방세계 가득 바람에 쓸려 가는 소리. 소리뿐인데. 하늘 가득 반짝이는 별도 눈 속으로 하염없이 떨어지며 열흘 밤 내내 묻는 소리. "형, 나 언제 또다시 별로 뜰 수는 있는 거야?" "응, 물 풀 쇠똥벌레 먼지 한 세상 바람 따라 살고 돌다 다시 별로 뜰 거야." 뭇 생령 본디는 몸뚱어리 없는 바람. 먼바다 울음소리에 천경만론 덮고 우주 너머 자유자재 대자대비한 스님 시인 한 소식 한 자락이라도 읽어냈는지.

산봉우리를 쓸고 가는 안개 같은 설악의 무산(霧山) 큰스님 조오현(1932~) 시인. 그 자유자재 넓은 오지랖으로 온갖 시, 문학 보시하고 있네.

즉흥시
−○ 시인을 찬미함

당신이 쓰는 시는
아침마다 새로 피는 꽃,
그 꽃에 취해
말문 닫아걸고
나는 밤새도록
당신이 꾸는 꿈에 마음 부풀어
어느새 텅 빈 부자,
알몸으로 눈 뜨는
알토란 같은 알부자!

김형영

하느님 영성 깃든 자연과 더불어 살며 시를 쓰니 몸과 마음 한결 여유롭고 시들도 자신을 닮아간다는 시인. 신작 시집 펴내 부쳐 왔다. 펼쳐보니 '시가 있는 아침' 독자분들께 올리기에 딱 좋은 알토란같은 이 시 눈에 꽉 찬다. 그렇지. 좋은 시 읽는 아침 마음은 어느새 텅 빈 부자 되지. 거추장스런 현실 맑히는 알몸의 알부자 되지.

독실한 가톨릭 신자인 김형영(1945~) 시인은 사람이 세상의 중심이고자 하는 욕망 대신 모든 생물과 무생물과 함께 어우러지고자 하는 따뜻한 시선으로 자연에서 맑고 감동적인 시를 길어 올리고 있다.

비가(悲歌)

아! 찬란한 저 태양이
숨져버려 어두운 뒤에
불타는 황금빛 노을
멀리 사라진 뒤에
내 젊은 내 노래는
찾을 길 없는데
들에는 슬피 우는
벌레 소리뿐이어라
별같이 빛나던 소망
아침 이슬 되었도다

신동춘

옛적엔 난초 지초 꽃 피는 한강 물살에 쓸려 온 섬이었다가, 한땐 도시 쓰레기 산으로 솟았다가, 이젠 갈대꽃 구름처럼 피어올라 하늘공원 된 난지도(蘭芝島). 고원(高原)같이 드넓게 펼쳐진 산마루 갈꽃 사이사이 이우는 태양. 강 건너 서녘 하늘 붉게 타오르며 시린 바람 불어오는 풀벌레 소리. 비장한 멜로디와 소프라노 떨림에 실려 오는 북방 정서. 아! 젊은 날의 꿈과 순정, 혁명도 이리 스러지는 것인가.

서정주 시인의 추천으로 문단에 나온 신동춘(1931~) 시인은 작곡가 김연준의 권유로 그의 곡에 이 시를 붙였다. 이 노래는 국민적 엘레지로 불리고 있다.

추일(秋日)

나직한
담
꽈리 부네요

귀에
가득
갈바람 이네요

흩어지는 흩어지는
기적(汽笛)
꽃씨뿐이네요.

박용래

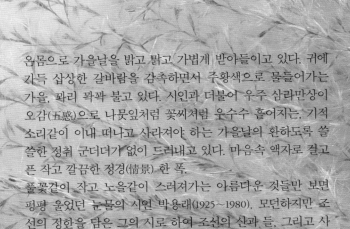

온몸으로 가을날을 밝고 맑고 가볍게 받아들이고 있다. 귀에
가득 삽상한 갈바람을 감촉하면서 주황색으로 물들어가는
가을, 파리 꽉꽉 불고 있다. 시인과 더불어 우주 삼라만상이
오감(五感)으로 나뭇잎처럼 꽃씨처럼 우수수 흩어지는, 기적
소리같이 이내 떠나고 사라져야 하는 가을날의 환하도록 쓸
쓸한 정취 군더더기 없이 드러내고 있다. 마음속 액자로 걸고
픈 작고 깔끔한 정경(情景) 한 폭.
풀꽃같이 작고 노을같이 스러져가는 아름다운 것들만 보면
펑펑 울었던 눈물의 시인 박용래(1925~1980). 모던하지만 조
선의 정한을 담은 그의 시로 하여 조선의 산과 들, 그리고 사
람의 마음은 슬프지만 아름답게 피어날 수 있었다.

늙은 꽃

어느 땅에 늙은 꽃이 있으랴
꽃의 생애는 순간이다
아름다움이 무엇인가를 아는 종족의 자존심으로
꽃은 어떤 색으로 피든
필 때 다 써버린다
황홀한 이 규칙을 어긴 꽃은 아직 한 송이도 없다
피 속에 주름과 장수의 유전자가 없는
꽃이 말을 하지 않는다는 것은
더욱 오묘하다
분별 대신
향기라니

문정희

색, 빛깔들의 황홀한 마지막 잔치. 서리 맞아 더욱 선명한 단풍도, 제철 맞은 국화꽃도, 잎 다 진 감나무에 매달린 감도, 눈 내리기 전 그저 허옇기만 한 갈대꽃도 제각각 허락된 나름의 색을 다 써버리고 있네. 단풍 잎사귀 뚫고 내린 햇살 선운사 계곡 물빛 위 둥둥 떠가는 낙엽, 단풍, 빛깔의 향연 보셨는지. 깊어가는 가을 빛깔들의 잔치 밝고 맑고 참 오묘하더라. 생산성과 너그러운 포용성 등 여성 시의 미덕을 당차게 한껏 살리면서도 결 고운 서정을 바탕에 깔고 있는 문정희(1947~) 시인이 드리는 가을꽃 한 송이.

꽃 또는 절벽

누군들 바라잖으리,
그 삶이
꽃이기를
더러는 눈부시게
활짝 핀
감탄사기를
아, 하고
가슴을 때리는
순간의
절벽이기를

박시교

일상 언어로서는 감히 근접할 수 없는 언어도단(言語道斷), 절벽이 선(禪)이고 시(詩). 불교의 선에서는 허망한 언어의 낭떠러지에 떨어지지 않으려 굳게 입을 다물고 묵언 수행이나 시는 낭떠러지로 떨어져 내리는 순간 "악!" 하고 내지르는 참으로 인간적인 비명, 또는 "아!" 하는 순간의 감탄. 태어나고 늙고 병들고 죽는 삶의 마디마디의 기쁨과 슬픔에 꽃 바쳐 간절한 마음 전하듯 우리네 삶에 꽃 같은 의미를 전하는 언어의 꽃이 시임을 일깨우는 시조 한 수의 절창.

시조의 운율에 정확하면서도 형식과 호흡이 자유로운 박시교(1945~) 시인의 시조를 보고 있노라면 자유 시인들도 이 시인의 시의 호흡과 언어의 경제를 배우라 권하고 싶다.

목신(牧神)의 오후

아, 이 물의 요정들 모습 영원히
지속되었으면.

이네들 발그레한 살빛 하그리 연연하여 숲 속같이 깊은
잠에 싸여 조는 공기 속에
하늘하늘 떠오른다.

내가, 꿈에 취한 탓일까?
내 미몽은 해묵은 밤인 듯 쌓이고 쌓여
마침내 숱한 실가지로 돋아나더니
생시의 무성한 숲이 되어 내게 일깨우니,
오호라!
끝에 남은 것이란 나 혼자 애타게 그린
장미꽃 빛 과오(過誤).

스테판 말라르메

백담사 만해마을 십이선녀탕 앞. 대낮 각시붓꽃 버들가지 졸고 있는 서정적 호수에서 나도 목신이 되어 이 시의 한 부분같이 꿈꾸나니. 졸음 겨운 오보에에 이끌려 펼쳐지는 드뷔시의 현란한 관능의 관현악, 전설적 무용수 니진스키의 춤사위와 함께 육욕(肉慾)에 겨워 요정들의 앞가슴 허리끈 푸나니. 오, 깨어나면 이내 내려질 징벌. 저 신화시대부터 지금까지 하그리 연연한 살빛 그리움은 일장춘몽(一場春夢) 장미꽃 빛 과오던가.

전 세계 많은 시인들은 물론 예술가들에게 오늘도 영감을 주고 있는 프랑스 상징주의의 대가 스테판 말라르메(1842~1898)의 대표적 장시(長詩).

하나의 밀알이 썩어

한 알의 밀알로 썩어
거대한 밀밭을 꿈꾸는 사람들

나는 하나의 밀알로 썩어
세상의 모든 바람이 취기로 몰려오는
한 방울 향기
아득한 밀주
아무런 후일담도 준비하지 않는

진은영

취한 바람 드러눕는 밀밭. 주당(酒黨) 아니어도 나는 이런 시 좋다. 배후 없는 것들. 종교고 철학이고 지성이고 혁명이고 나발이고 그런 아무 뒷배 없이 뛰노는 시. 그래도 문화의 심급이 되는 시. 밝은 햇살 아래 어린애 발가벗고 맑은 시내에서 치는 팔장구 발장구. 왁자지껄 사방으로 튀어 오르는 무지개 같은 이 시인의 이미지. 후일담이고 뭐고 거창한 것 꿈꾸지 않는, 원초적 삶 팔딱거리는, 더 가볍고 깊이 있게 사물과 교감하는, 인간의 자유, 자존 지키는 시.

진은영(1970~) 시인의 시는 감성과 감각이 매양 새롭게 튀어 오르며 새로운 것을 꿈꾸는 유쾌한 경험을 하게 한다.

서가(序歌)

가을의 첫 줄을 쓴다
깊이 생채기 진 여름의 끝의 자국
흙탕물이 쓸고 간 찌꺼기를 비집고
맑은 하늘의 한 자락을 마시는
들풀의 숨소리를 듣는다
금실 같은 볕살을 가슴에 받아도
터뜨릴 꽃씨 하나 없이
쭉정이 진 날들
이제 바람이 불면
마른 잎으로 떨어져 누울
나는 무엇인가
잃어버린 것과 산다는 것의
뒤섞임과 소용돌이 속에서
쨍한 푸르름에도
헹궈지지 않는 슬픔을
가을의 첫 줄에 쓴다.

이근배

여름내 열어뒀던 창문, 새벽이면 닫는다. 언뜻 부는 바람, 가느다란 풀벌레 소리, 시리다. 가을 첫 줄은 이렇게 몸 시리고 마음 외롭다. 일궈 여문 것 많아도 쭉정이 진 나날 같고 햇살 쨍한 푸르름에도 눈물 나는 계절. 외로워서 서럽고 그리운 우리네 삶의 민얼굴 같은 가을의 첫 장을 여는 시.

공초 오상순 시인이 지어준 호 사천(沙泉)을 자랑스레 쓰고 있는 이근배(1940~) 시인. 조선 반만년의 정한을 퍼 올려 사막 같이 삭막한 현대적 삶에 오아시스 같은 시를 쓰고 있다.

무지개

저 하늘 무지개를 보면
내 가슴은 뛰노라
내 어릴 때도 그러했고
지금도 그러하고
늙어서도 그러하리
그렇지 않다면 차라리 죽는 게 나으리
아이는 어른의 아버지
내 하루하루가
자연의 숭고함 속에 있기를

윌리엄 워즈워스

무지개를 보고 감동이 없으면 죽는 게 낫다는 감정에 대한 솔직한 믿음. 그 도저하고 숭고한 믿음은 자연과 한몸에서 우러난 것. 동심은 삼라만상 낳고 기르고 거두고 다시 낳는 대자연의 마음.

영국 계관시인 윌리엄 워즈워스(1770~1850)가 초원의 빛의 숭고함이 곧 우리 마음이라며 연 낭만적 순수 서정 세계는 한강 가로지르는 인공 무지개에 가슴 뛰는 오늘에도 "아이는 어른의 아버지"로 각인돼 있고. 아, 초원의 빛이여! 꽃의 영광이여! 동심의 순수여!

망향

꽃 피는 봄 사월 돌아오면
이 마음은 푸른 산 저 넘어
그 어느 산 모퉁길에
어여쁜 님 날 기다리는 듯
철 따라 핀 진달래 산을 덮고
먼 부엉이 울음 끊이잖는
나의 옛 고향은 그 어디런가
나의 사랑은 그 어디멘가
날 사랑한다고 말해주렴아 그대여
내 맘속에 사는 이 그대여
그대가 있길래 봄도 있고
아득한 고향도 정들 것일레라

박화목

고향에 돌아가도 바다 같던 저수지 둠벙처럼 작아 보여 옛 고향은 아니고, 살며 그립고 사랑스런 것 다 고향에 보냈건만 세월에 흘러 보이지 않고. 그래 마음속 묻어둔 그리운 임, 고향. 꽃 피는 봄 향수의 심금 울려 울컥, 눈물짓게 하는 선율로만 살아오는 그대. 남북이 갈린 탓에 한 곡이 세 편의 시로 불리는 사연, 쓰디쓰다.

시인이자 아동문학가인 박화목(1924~2005)은 이 곡 이외에도 〈보리밭〉, 〈과수원 길〉 등 많은 곡에 예쁘고 서정적인 시를 붙였다.

한계령

한계령을 그대와 함께 넘었네
마지막 여로인 줄
서로가 모르면서
암벽을 타고 물살은 빠르게
계곡물과 만나는데
우리 언제 다시 만나 어우러지나
벼랑에 서서 내려다보니
파도가 치네
그대를 잊는 길 택하고 싶어
고기잡이 나간 남편 기다리다 지쳐
할미바위 되었네
돌아올 고깃배는 소식 없는데

손호연

가을이면 생이별 서러운 장면도 자꾸자꾸 떠오르는데 사별한 부부의 정은 오죽하랴. 한계령, 그 너머 바다에 이르는 스냅 사진 속에는 임 그리는 단심(丹心)이 뚝뚝 듣네.

일본에 시비가 서 있고 일본 총리까지 한·일 우호 관계를 상기하며 그의 시를 읊었던, 한국인 유일의 일본 전통 시 단카(短歌)의 대가 손호연(1923~2003) 시인. 31자 짧은 글, 강렬한 인상의 시를 우리말로 옮기니 백제 정읍사를 보는 듯, 아우라지 정선 아라리를 듣는 듯.

석류

언제부터
이 잉걸불 같은 그리움이
텅 빈 가슴속에 이글거리기 시작했을까

지난 여름 내내 앓던 몸살
더 이상 견딜 수 없구나
영혼의 가마솥에 들끓던 사랑의 힘
캄캄한 골방 안에
가둘 수 없구나

나 혼자 부둥켜안고
뒹굴고 또 뒹굴어도
자꾸만 익어가는 어둠을
이젠 알알이 쏟아놓아야 하리

무한히 새파란 심연의 하늘이 두려워
나는 땅을 향해 고개 숙인다

온몸을 휩싸고 도는
어지러운 충만 이기지 못해
나 스스로 껍질을 부순다

아아, 사랑하는 이여
지구가 쪼개지는 소리보다
더 아프게
내가 깨뜨리는 이 홍보석의 슬픔을
그대의 뜰에
받아주소서

이가림

여름내 뾰족한 가시 세우고 시퍼렇게 멍울지던 석류 가슴. 이
제 잘 익은 갈바람에 하마 툭툭 벌어지고 있을까. 제 가슴 빠
개 보이며 홍보석 같은 순정 냉정한 연인에게 증거하고 있을
까. 지구가 빠개지는 것보다 아픈 사랑, 영혼을 들끓어 오르
게 하는 사랑의 힘.

불문학자인 이가림(1943~) 시인의 문장은 다른 외국 문학자
의 번역문과는 달리 정확하고 아름답기로 정평 나 있다. 그의
시 또한 두루뭉술한 언어와 문맥이 아니라 바른 문장으로 독
자와 제대로 소통되는 미덕을 지닌다.

포살(布薩)식당

저 외진 데로 가
혼자 밥 먹는 친구를 보고

일곱 사람이 식판 들고 그쪽으로 몰려가네

산나리
긴 목을 휘어 물끄러미 보고 있네

홍성란

혼자 밥 먹어보셨는지. 직장 동료 끼리끼리 화기애애 어울리는 번잡한 식당 한쪽 차지한 민망함 느껴보셨는지. 봄 소풍가 외진 데 홀로 숨어 가난한 도시락 까먹는 학생 보셨는지. 혼자 밥 먹는 민망한 서러움보다 그 광경이 더 가슴 아리다는 것 다 아실 테지. 그래 우리는 모두 다 한 식구인 것을. 군더더기 없이 단정한 시조 한 수 인간사 따뜻한 사람살이 산나리까지 동참케 한다.

만해마을 백담사 계곡에서 흘러온 냇물 바라보며 승(僧)과 속(俗), 선생과 제자 구분 없이 함께 먹는 식당이 포살식당. 현대판 황진이로 불리는 홍성란(1958~) 시인의 보리심이 시조 가락 타고 더욱 빛난다.

그리움

참았던 신음처럼 사립문이 닫히고
찬
이마 위에
치자꽃이 지는 밤
저만치, 그리고 귓가에
초침 소리
빗소리

김일연

우리말 참 맑고 그윽하고 아름답다. 잘 응축된 시조 한 수로 보니 이어지기도 하고 툭툭 부러지기도 하는 운율, 맑은 소리에 살짝 씌워진 의미 그대로 정갈한 그리움 된다. 귓가에 다가오는가 했더니 이내 저만치 멀어져 가는 발자국, 찬 이마 위 치자꽃 순백으로 지는 그리움의 소리와 이미지. '찬' 한 자 한 행으로 그리움의 순도(純度) 드러내고 쉼표(,)로 단숨에 확산된 그리움의 시공 이쪽저쪽 이으며 우리 시대 절창 낳고 있다. 김일연(1955~) 시인은 영남 가단의 맥을 이은 시인답게 도학적 자제와 균형이 두드러진 순도 높은 서정 시조를 내놓고 있다.

직녀에게

이별이 너무 길다.
슬픔이 너무 길다.
선 채로 기다리기엔 은하수가 너무 길다.
단 하나 오작교마저 끊어져 버린
지금은 가슴과 가슴으로 노둣돌을 놓아
면도날 위라도 딛고 건너가 만나야 할 우리,
선 채로 기다리기엔 세월이 너무 길다.
그대 몇 번이고 감고 푼 실올
밤마다 그리움 수놓아 짠 베 다시 풀어야 했는가.
내가 먹인 암소는 몇 번이고 새끼를 쳤는데,
그대 짠 베는 몇 필이나 쌓였는가?
이별이 너무 길다.
슬픔이 너무 길다.
사방이 막혀버린 죽음의 땅에 서서
그대 손짓하는 연인아,
유방도 빼앗기고 처녀막도 빼앗기고
마지막 머리털까지 빼앗길지라도

우리는 다시 만나야 한다.
우리들은 은하수를 건너야 한다.
오작교가 없어도 노둣돌이 없어도
가슴을 딛고 건너가 다시 만나야 할 우리,
칼날 위라도 딛고 건너가 만나야 할 우리,
이별은 이별은 끝나야 한다.
말라붙은 은하수 눈물로 녹이고
가슴과 가슴을 노둣돌 놓아
슬픔은 슬픔은 끝나야 한다, 연인아.

문병란

은하수 사이에 두고 생이별 당한 견우와 직녀, 까마귀와 까치가 놓아준 다리에서 한 해 한 번 만난다는 칠석날. 그런 칠석날 항간에서는 눈물인 듯 비가 내린다 하는가. 영원한 연인의 이별과 재회를 소재로 한 이 시 오늘 우리의 연애시로 읽어도 가슴 절절하다. 그렇기에 통일 염원 대중가요로도 불리며 가슴 뭉클하게 하는데. 이런 넓고 깊은 공감대 소통의 길 수이 트이는 인간적인 사회와 시절 되기를.

유신 시대부터 광주 무등산 자락의 저항시를 써 광주가 민중시의 고향이 되게 한 문병란(1935~) 시인. 쓸쓸한 도회의 서정을 모던하게 써 대중적 호응을 얻은 박인환 시인의 이름을 딴 문학상을 최근 들어 받은 시인의 감회 남다르겠다.

산 너머 저쪽

산 너머 저쪽 하늘 저 멀리
행복이 있다고 말들 하기에
아, 남을 따라 행복을 찾아갔다가
눈물만 머금고 돌아왔습니다.
산 너머 저쪽 하늘 저 멀리
행복이 있다고 말들 하기에

카를 부세

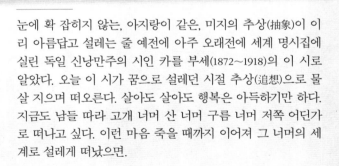

눈에 확 잡히지 않는, 아지랑이 같은, 미지의 추상(抽象)이 이
리 아름답고 설레는 줄 예전에 아주 오래전에 세계 명시집에
실린 독일 신낭만주의 시인 카를 부세(1872~1918)의 이 시로
알았다. 오늘 이 시가 꿈으로 설레던 시절 추상(追想)으로 물
살 지으며 떠오른다. 살아도 살아도 행복은 아득하기만 하다.
지금도 남들 따라 고개 너머 산 너머 구름 너머 저쪽 어딘가
로 떠나고 싶다. 이런 마음 죽을 때까지 이어져 그 너머의 세
계로 설레게 떠났으면.

처서(處暑)

기승을 부리던 노염(老炎)도
한풀 꺾였다

여름내 날뛰던 모기는
턱이 빠졌다

흰 구름 끊어진 곳마다
높아진 푸른 산

먼 길 나그네
또 한 굽이 넘어간다

홍사성

따가운 햇살 좀 더 아쉬운 논밭 곡식과 과수원 과실들에겐 이제 릴케의 '위대했던 여름'과는 작별을 고해야 할 때. 한여름 밤 무섭고도 성가셨던 모기 주둥이도 비뚤어진다는 처서도 지났고 눈 들어 문득 바라보면 흰 구름 속 더 높아진 푸른 산과 하늘 이마에 부닥치게 다가서는 절기. 마음속 인생 굽이 또 한 번 쓸쓸하고 쌀쌀맞게 넘게 하는 시린 계절, 가을.

교(敎)와 선(禪), 그리고 제도 등 불교에 두루 정통한 홍사성(1951~) 시인은 부처님의 원래 마음 같은 우주를 허정하게 돌고 도는 시를 선보이고 있다.

제망매가(祭亡妹歌)

삶과 죽음 갈림길
여기 있음에 두려워하여
나는 간다는 말도
못다 이르고 가는가
어느 가을 이른 바람에
여기저기에 떨어지는 나뭇잎처럼
같은 나뭇가지에 나고서도
가는 곳을 모르겠구나
아! 극락세계에서 만나볼 나는
도(道) 닦아서 기다리겠다

월명사

서리 내려 단풍 더욱 붉게 물들겠다 좋았는데 때 이른 추위 나뭇잎 질 새도 없이 겨울로 가는가 걱정했다. 학창 시절 이 시 배우며 삶과 죽음의 길, 그리고 살아 있는 것들의 애틋함 어렴풋이 알았다. 아, 어찌 같은 가지에서 난 것들이 한나무 이파리들뿐이겠는가. 우리 또한 저렇게 붉게 물들어가는 단풍, 어느 바람에 여기저기 떨어져 가뭇없이 쓸려 가는 낙엽들과 같은 혈육(血肉)일 것을.

신라 경덕왕 때 승려인 월명사가 지은 이 향가(鄕歌)는 삶과 죽음의 갈림길을 말하면서도 영겁(永劫)으로 보면 또한 한길임을 말하고 있다. 신라인들은 이렇게 이승 저승 구분 없이 우주와 감응하며 영생(永生)을 살았으며 이런 전통은 미당 서정주 시인에게 흘러들어 우리 현대시의 깊이로 흐르고 있다.

장강 삼협

태산은 어이하여 눈앞을 막아서며
장강은 왜 굳이 거세게 흐르는가
사람의 집이라고는 찾아보기 어렵네

마을은 말고라도 오가는 길 있어야지
장강에서 섬서까지 칠백 리 바위 벽에
돌 깨고 나무판 얹어 선반 길 걸어놨다

하늘을 바라보면 구름만 험상궂다
아래는 어지러운 수십 길 낭떠러지
배 타고 강물에 떠서 갈 곳을 모르겠네

구중서

평론가이자 국문학자 구중서(1936∼) 시인한테서 드디어 시가 터져 나왔다. 아니, 지난 반세기 우리의 어두운 역사와 상황 아래 문학의 현실적 의미를 찾으려는 시대에 부응하다 이제야 시로 돌아왔다. 이백, 두보, 소동파 중국의 내로라하는 시인들이 읊은 장강(長江) 삼협(三峽) 시조 세 수로 읊고 있다. 깎아지른 협곡과 물살 앞다퉈 호쾌 장쾌하게 읊었을 텐데 아, 이 시인은 사람 길 끊어놓은 풍치 사납고 험상궂게 본다. 그 절경에도 홀리지 않는 인간 세상 위하는 사회와 문단 원로의 의연(依然)한 현실적 휴머니즘. 숙연해진다.

맑고 향기로운 삶을 위한 시 한 모금

아침마다 시 한 편씩 고르고 감상하며 시란 무엇인가 묻고 있습니다. 온몸으로 감동하는 좋은 시 만나면 이리 하찮은 일상 살아내는 나라는 사람도 도대체 어떤 깊이가 있기는 한 존재인가를 묻고 또 묻고 있습니다.

원래 하나였다 이제는 헤어진 너와 나의 안타까운 거리, 그리움이 시를 낳습니다. 우리네 꿈과 이상과 이제 더 이상 동일한 것일 수 없는 구차한 현실에서 세계와 우주 삼라만상과 온몸으로 만나 다시 하나 되고픈 마음이 시를 낳습니다. 실체와 이름이 하나였다 이제는 서로 겉도는 슬픈 너와 나의 안타까운 언어의 표정이 시 아닐는지요.

너와 나, 꿈과 삶, 이상과 현실, 개인과 사회, 인간과 자연 어느 한쪽에 편안히 살지 못하고 그 사이에서 양쪽을 근심과 연민으로 살피는 것이 시입니다. 그런 연민과 그리움의 정갈함으로 너와 나를 온몸으로 이어주며 감동으로 떨리게 하는 언어가 시입니다. 그리하여 독자와 우주 삼라만상은 물론 신과도 감읍(感泣), 소통할 수 있는 언어가 시 아니겠습니까.

그렇게 해서 시에 드러나는 것은 결국 인간의 품위, 위엄, 그리고 우리 스스로 생각해도 신비스러울 정도로 끝간 데 없이 깊고 넓은 우주 일원으로서의 인간이라는 존재, 그것으로서 이 황막한 시대의 위안과 함께 인간 존재의 깊이와 위의(威儀)를 지키는 것이 시 아닐는지요.

10여 년 전 문학 담당 기자 시절 〈중앙일보〉에 이 책 제목과 같은 '시가 있는 아침' 난을 처음 마련했습니다. 야박하고 어둡고 잇속만 챙기는 현실적 사회의 신문 기사 틈에 인간의 향기가 솟는 샘 하나 파놓자는 뜻에서였습니다. 하여 매일 아침 독자 여러분이 시, 순수 한 모금 마시며 하루를 맑고 향기롭고 여유롭게 보낼 수 있도록.

여기에는 이런 의도에 합당한 시들만 추려 실으려 애썼습니다. 대학 강단이나 젊은 시인들 사이의 연구 실험용 시, 외래 이론이나 사회과학에 갇힌 시, 가슴이 아니라 머리로 쓰여 감동이 없는 시는 마땅히 들어올 수 없었습니다. 감상도 시 분석이나 해설보다는 시가 내게 와 순수 혼을 떨리게 한 대로 써 독자 여러분과 함께 시가 유발한 감동을 소통하려 애썼습니다.

정보화 시대, 정보화 강국을 자랑하면서도 남녀노소, 사회 각계 각층이 소통이 안 돼 안타깝습니다. 이 『시가 있는 아침』이 참으로 인간적인 소통에 조금이라도 도움이 돼 아름다운 마음 세상 열어갔으면 합니다.

2009년 12월
이경철

시가 있는 아침

—

개정판 1쇄 2013년 1월 14일
개정판 2쇄 2019년 2월 22일
지은이 김남조 외
엮은이 이경철
펴낸이 김영재
펴낸곳 책만드는집

—

주소 서울 마포구 양화로3길 99, 4층 (04022)
전화 3142-1585·6
팩스 336-8908
전자우편 chaekjip@naver.com
출판등록 1994년 1월 13일 제10-927호
© 이경철, 2013

—

ISBN 978-89-7944-422-3 (03810)

이 도서의 국립중앙도서관 출판시도서목록(CIP)은 e - CIP
홈페이지(http:///www.nl.go.kr/cip.php) 에서 이용하실 수 있습니다.
(CIP제어번호 : CIP2012006147)